AF463262

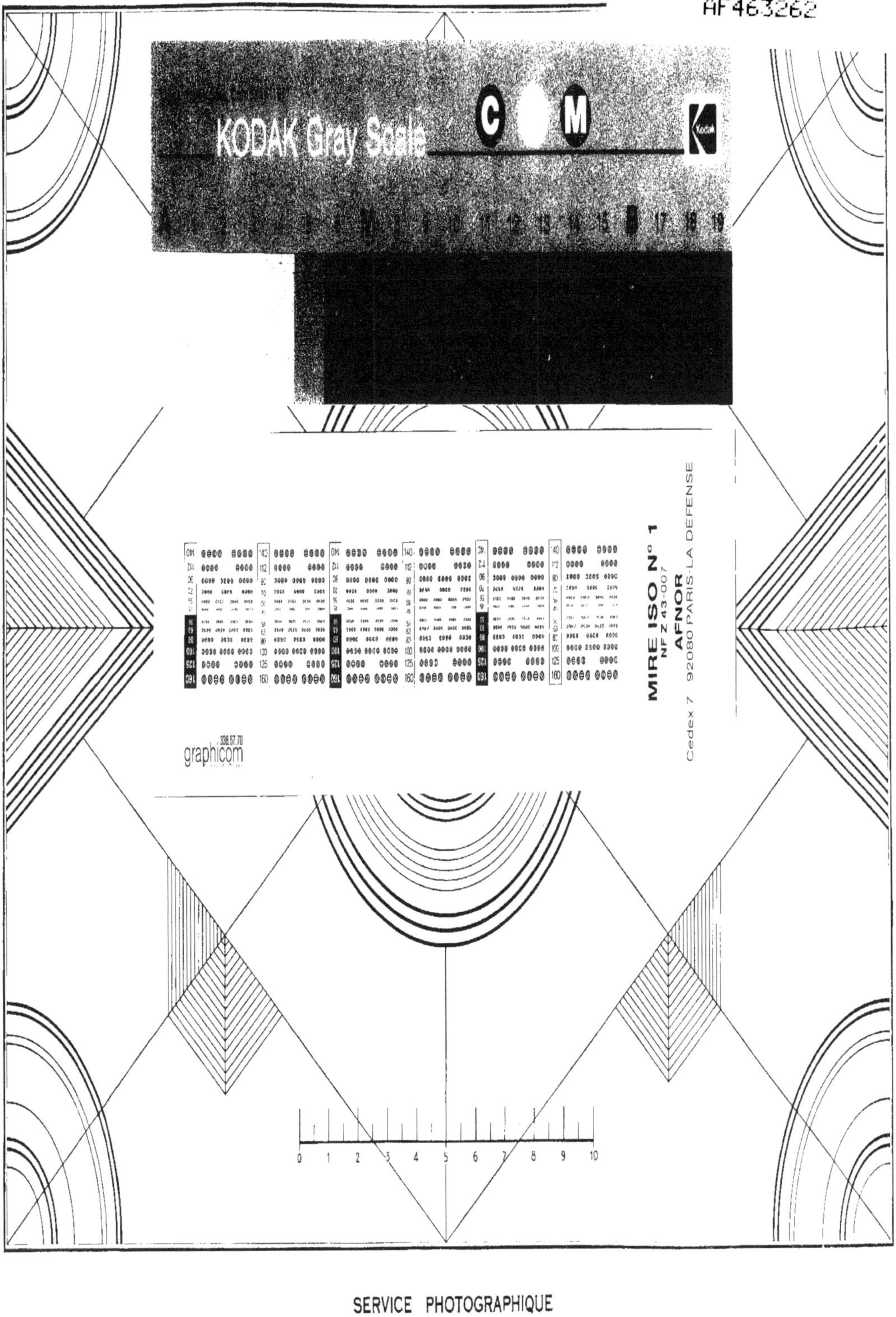

LA MORT
DU SAMURAÏ

PAR

F. SÉNDATÉ

Avec une aquarelle du peintre japonais
YAMAMOTO

PARIS
A. LAHURE, ÉDITEUR
9, RUE DE FLEURUS, 9

1885

LA MORT
DU SAMURAI

PAR

F. SÉNDATÉ

Avec une aquarelle du peintre japonais
YAMAMOTO

PARIS

9, RUE DE FLEURUS, 9

1885

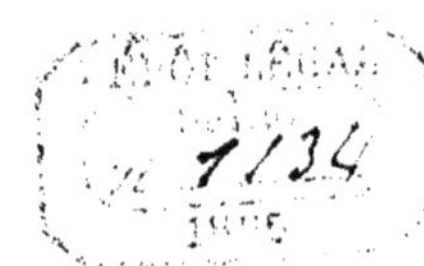

LA

MORT DU SAMURAÏ

Tanabé est bien triste, il veut mourir. Pourtant les cerisiers[1] sont en fleurs, le Fudji-Yama[2] profile son éclatante blancheur sur le ciel pur et chaque soir dans un dernier baiser, la déesse du soleil embrase la montagne sainte dont l'éblouissante neige se dore et semble boire dans un frisson les rayons de l'astre qui se meurt.

Mais le vieux Samuraï[3] est las, tout ce qui jadis lui rendait la vie si belle ajoute maintenant à sa tristesse ; ce ne sont plus les seuls enfants du Japon immense qui contemplent les horizons sans fin et cette mer profonde dont l'azur se trouble à mesure qu'elle s'avance en longs plis pour lécher le rivage. Des étrangers sont venus et ont tout profané! Ah! le vent peut bien secouer les branches légères et rougir le sol du sang embaumé des cerisiers, eux aussi n'ont plus à respirer longtemps la brise si douce qu'ils rendaient en gouttes brillantes ; les hommes dont le poil dur pend grotesquement le long des lèvres comme la barbe d'un namadzu[4], ce stupide et gluant poisson, leur font saigner leurs perles liquides et après les avoir entaillés, ils les arrachent et plantent à leur place les longues herbes de leur pays qui donnent la mort. Des Samuraï, honte immense, réduits au métier de porteurs, halettent péniblement sur les flancs du mont sacré, le dos courbé sous d'infâmes kagos[5] où se vautrent des femmes insolentes auxquelles obéissent les barbares!

Pour la dernière fois, Tanabé veut suivre des yeux la trace légère que profile la blanche lune en glissant au travers des bambous élancés. La grande boule pâle et morne tombe dans la nuit comme une tête que la main d'un formidable inconnu a lancée derrière les nuages. Le vieillard pense à Saïgo[6], mais il sait bien que le guerrier n'est pas caché dans ce grand cercle triste; avant de l'y trouver, les yeux qui veulent le découvrir fondent et coulent. Le révolté est mort, bien mort, la terre dévorante l'a rongé; il est mort et la chanson que chantent les femmes et les enfants, enveloppe son souvenir dans le voile de la légende et du passé. Qui donc, en entendant la fillette murmurer son refrain se souvient que l'homme caché dans la lune est le grand Saïgo? Et pourtant! ils ont tremblé ceux qui dorment aujourd'hui dans le calme mépris du passé! le mort était terrible et son sang bien rouge, il voulait délivrer l'empereur des hommes à face de fantômes qui sont venus comme une bande de corbeaux obscurcir les rayons du soleil levant. Ils l'ont fait déclarer rebelle pour mieux tromper ceux dont ils voulaient enlever les dépouilles. Ah ! Todjin [7], vous n'avez plus rien à craindre ! on grince des dents, mais il faut courber la tête et dévorer les affronts dont les lâches sont prodigues ; à votre insultante pitié on ne peut opposer qu'un visage mort en se déchirant la poitrine et en songeant aux temps où misérables, vous trembliez devant les hommes aux deux sabres ; vous saviez alors combien les lames en étaient tranchantes et aimaient à rougir.

Doucement la brise s'élève, elle fait bruire les bambous et roule les plaintifs accords d'un biwa [8] dont une jeune voix accompagne les notes tremblottantes ; c'est la chanson des Taïra [9] qui fait pleurer :

« En un jour, ils ont tout perdu !

« Tout : la fortune, les palais et les femmes aux grands yeux doux.

« Pendant vingt ans, vingt années, un instant ! ils ont dormi des songes de soie ; ils se sont réveillés dans les flots profonds de la sombre mer !

« Lorsque la lune est rouge, derrière la brume de sang, la buée s'élève de la mer tranquille, les morts reviennent alors à la surface des eaux, ils se lamentent et pleurent, ils se tordent les bras et sanglotent au souvenir du bonheur tombé à jamais dans l'éternité [10]. »

Le réveil [11], il n'y en a pas, Tanabé le sait bien, cependant il lui semble qu'il va rouler dans l'anéantissement comme dans un noir abîme aussi sombre que son âme.

Ah ! s'il avait pu mourir alors que jeune et plein de foi, il avait le cœur si chaud et la main si prompte à caresser son sabre, quand il entendait un misérable pris de saké [12] menacer un vieillard ou une femme ! Ses armes sont là, près de lui, il les a enlevées de l'étui de soie [13] où elles dormaient; il a voulu que suivant l'ancienne coutume, on tînt derrière lui le grand sabre, droit, la poignée en l'air et le fourreau entouré pour que la main du page ne ternît pas la laque de l'arme préférée. Le petit-fils du vieillard remplit cet office, l'enfant est grave, il sait qu'un acte suprême va s'accomplir, car devant le chef, sur le plateau blanc aux pieds élevés, repose le petit sabre, dont la lame nue est à moitié cachée par une feuille de papier qui la serre et n'en laisse passer que la pointe.

Près de lui, Takahara, l'ami fidèle se tient debout, son sabre à la main, il attend; les hivers ont déposé leurs neiges sur sa chevelure, mais son bras ne faiblira pas, lorsque Tanabé en s'ouvrant le ventre, inclinera la tête, afin que la pesante lame ne s'abatte que sur son ordre et fasse d'un seul coup son terrible devoir. Les hommes de la famille forment un demi-cercle silencieux, le vêtement de cérémonie leur donne un aspect étrange et funèbre, à l'indécise clarté du dehors qui assombrit les lampes dont la flamme jaunit derrière les enveloppes en papier, ils semblent de grands papillons tristes aux ailes déployées venus là pour sucer la fleur de la mort. On respecte le maître, mais ces hommes sont trop jeunes pour comprendre l'amertume dont déborde son cœur, seul l'aîné ressent l'angoisse paternelle, les autres étaient des enfants lors de la Révolution, il y a déjà dix ans ! le déchirement du passé qui mine l'ancêtre n'est pour eux qu'un immense étonnement qui flamboie en se déroulant : ils admirent les inventions des barbares. Tanabé le sait, la main qui lui comprime le cœur se contracte encore davantage. Oui on l'aime, mais non plus avec cette religion d'autrefois qui faisait courber les enfants remplis d'amour filial; eux n'éprouvent pas ce que lui, petit, ressentait, lorsque son père priant devant les tablettes sur lesquelles sont inscrits les noms de mort des ancêtres, brûlait des parfums en évoquant les ombres de ceux dont la substance s'était fondue dans la nature.

Quelle profondeur de lointain ! Et ce jour où le chef de la famille rentra dans son palais en portant les ordres de l'empereur ! Il arrivait de la cour et le Mikado dans sa puissante bonté lui avait confié la mission d'aller répondre aux compliments de nouvelle année que le Shogun de Yedo venait de faire déposer à ses pieds. Qu'il était majestueux ! le soleil faisait comme une auréole autour de lui, c'était un demi-dieu foulant les nüages. La femme en pleurant s'était prosternée devant le maître, tandis que l'enfant pâle de respect et de crainte s'inclinait devant son père, au milieu des serviteurs immobiles dont les fronts courbés jusqu'à terre étaient aussi froids que ceux des bonzes pâles que le farouche Foudoo[14] écrase de sa majesté. C'est dans cette même salle où il va mourir, que coiffé pour la première fois en homme et vêtu des larges vêtements de noble brodés à ses armes, il reçut de son père son nom d'homme et apprit de sa bouche les devoirs du Samuraï :

« De même que parmi toutes, la fleur de cerisier est la fleur par excellence, de même parmi les hommes le Samuraï traverse la vie.

« Seul le Mikado est maître de tout, la

mort même ne saurait expier la révolte contre son autorité sainte.

« C'est pour combattre les ennemis de l'empereur et pour protéger les faibles que deux sabres sont à la ceinture du Samuraï, s'il abuse de son pouvoir, il est plus vil que le hibou, l'oiseau funeste qui dévore ses parents.

« La montagne n'est pas respectable à cause de sa hauteur, mais parce que ses flancs nourrissent de profondes forêts. »

Maintenant, tout est brisé, anéanti. L'envahissement des barbares a empoisonné jusqu'à l'âme, jusqu'aux pensées de ceux-là mêmes qui auraient dû garder dans un coin de leur être le souvenir du passé et l'y protéger contre le débordement de la tempête. Les étrangers ont apporté avec eux la corruption et la ruine, ils ont tout détruit. Que n'ont-ils pas fait pour amoindrir le pays et s'en emparer ensuite ! Leurs grands navires ont erré le long des côtes pour prendre les villes. forcés une première fois de fuir et d'aller honteusement panser leurs blessures au large, ils sont revenus plus âpres et plus affamés, il a fallu leur payer leur défaite..... On était riche, on avait l'argent, les précieux vêtements brodés d'or, les laques aux teintes profondes dans lesquelles s'éparpille la lumière en paillettes brillantes, ils voulaient tout. Les vils chiens des rues dont le poil se hérisse lorsqu'ils sentent une proie, se battent et se déchirent, tous ils préfèrent hurler et se mordre plutôt que de voir un des leurs aller ronger seul dans un trou le morceau dont il veut gonfler son maigre ventre; c'est à cette honte que le Japon doit de n'être pas encore dans le monde une tache rouge ou bleue comme ces hommes sur leurs cartes en salissent les pays qu'ils ont dévorés. Alors, ils ont dit qu'ils voulaient civiliser la terre du soleil levant, eux qui pendant de si longues années, parqués comme des bêtes, rongeaient leur ennui à Desima et servaient de jouet lorsqu'allant humblement s'incliner devant le maître, on les faisait danser, chanter comme des sauvages et sauter comme des chiens; leur âme basse buvait le mépris, ils n'aimaient que l'argent et pour l'emporter faisaient toutes les bassesses. Ils ont civilisé ! à leurs marchands, on a abandonné un marais où ils ont bâti une ville aux maisons étranges et ils ont fait le commerce; ils ont pris tout l'or et en échange de la longue économie qu'emportaient leurs navires, ils ont donné le rebut du rebut. Dans le grand calme des nuits leurs sombres vaisseaux vomissent des flammes et retentissent de bruits sourds, on a voulu comme eux posséder des navires qui méprisent les vents et la mer; une de leurs peuplades, des hommes aux cheveux rouges et à la mine hargneuse, dont le langage semble craché par une de leurs machines, a prétendu qu'elle régnait sur les mers, que tous s'inclinaient devant elle et que partout dans le monde elle faisait respecter son drapeau rouge, dont la couleur était le sang de ses ennemis; on a cru ces démons, on a encore pressé les pauvres veines où se cachait un peu de vie et ils ont envoyé des masses vermoulues, branlantes que méprisent les vents et que la mer caresse comme une proie prochaine.

Tous, disaient-ils, aiment l'art si doux du Japon, ils ont conseillé la destruction des monuments ! Que diriez-vous, mânes glorieuses, si maintenant vous pouviez voir Yedo, le florissant Yedo ? Ses portes dont il était si fier, ses lions sculptés aux gueules menaçantes, ses dragons de bronze rampant sur les toits pointus que dévoraient à chaque angle le poisson symbolique, tout cela a été précipité dans les eaux des fossés, puis souillé de boue, maculé, couvert de bave mousseuse, jeté en tas sur les rives pour y être dédaigneusement remué du pied. Ceux des grands palais que les dévastateurs ont oubliés tombent en ruines, là où se promenaient les belles concubines errent de crasseux employés dont la tête disposée comme celle des barbares grimace sur un corps sans vigueur et que la pauvreté seule empêche d'abandonner complètement le costume national. Qu'ils étaient beaux ces palais que dorait le soleil, alors que paraissant à l'horizon, il décrivait un arc comme les peignes que plantaient les jeunes filles au sommet de leur coiffure ! L'ombre si profonde de leurs toits élevés a fait place à de sombres boîtes en pierre qui étalent leur repoussante blancheur là où jadis les poutres gigantesques fondaient dans la douceur de leurs teintes alanguies sous les lentes caresses des années ! Et vous, dieux protecteurs du Japon, où donc êtes-vous ? Vous aussi sans doute vous inclinez devant les hommes ? Les foudres dont menacent vos prêtres ont-elles avec le temps perdu leur semblant de puissance ? Pour les fils du pays, vous êtes des tyrans, ceux que leur lâcheté abandonnait à vos épouvantes devaient prier sans cesse, leurs vies et leurs pensées toujours tendues vers vous satisfaisaient à peine votre farouche inquiétude, mais les étrangers vous plaisent sans doute : ils sont aussi féroces et capricieux que vous ! Vous préférez mourir dans l'oubli morne plutôt que d'étendre vos inertes mains au-dessus de ceux dont vous trompez les sacrifices, car si vous existez, vous savez bien, tristes fantômes, que votre pouvoir ne s'étend que sur la faiblesse! Vous grimacez vos sourires devant les barbares qui dans vos temples se moquent de votre stupide silence, si l'un deux vous frappe de son bâton pour reconnaître le bois ou la pierre, vous rendez un son creux qu'étouffe la peur.

Les dieux encore, mais les hommes! devant le dernier d'entre ces monstres gonflés dans leur peau blanche, devant le plus misérable que les siens ont chassé au delà des mers, vous êtes comme l'enfant qui craint les coups! L'insulte à la bouche, ses lourdes chaussures couvertes de boue aux pieds, il pénètre dans vos maisons, piétine vos nattes si blanches, salit de ses crachats le seuil qui le reçoit et vous vous inclinez devant la brute tandis que vautrée à son aise, elle examine votre femme et la demande si elle est jolie, croyant honorer une peau jaune en voulant la souiller de ses embrassements ! Ah ! si malgré le sourire qui meurt sur vos lèvres vous sentez au cœur l'invisible piqûre qui lentement tue l'homme, si votre poitrine se serre en pensant que libre encore, votre pays peut tenter ceux que leurs terres arides repoussent et forcent pour vivre à s'entre-dévorer ; étudiez comment les barbares donnent la mort au loin, connaissez les intérêts méchants qui les absorbent, apprenez, pour leur nuire, comment entre eux ils agissent ; les étrangers ne doivent pas étendre leur pavillon dans le ciel où flotte la bannière impériale, mais aussi le cœur ne doit pas changer et il ne faut pas que le souvenir des pères expire sous le mépris des enfants ! Les vieilles coutumes n'empêchent pas le progrès ! En est-il un seul de ces barbares dont le pays ait vécu plus de trois cents ans dans une paix féconde, distillant la sagesse et les arts en rosée bienfaisante ?

Allons vieil homme ! élève ton âme vers

le passé, il faut en finir, aujourd'hui encore, un ami des temps anciens peut te rendre le suprême devoir! qui demain oserait se couvrir de ridicule en se soumettant au caprice d'un vieux fou, qui veut partir comme mouraient les braves, alors qu'un ordre venait les surprendre au milieu des leurs, ou qu'une tristesse de la vie étreignait tout leur être quand les sombres nuages voilant la montagne sainte assombrissaient les cœurs et ouvraient le néant?..... Tanabé va mourir. Il écarte ses vêtements et prend le petit sabre; la pointe bleuâtre de l'arme pique d'une goutte brillante la pâleur de la peau et s'éteint subitement. Un sifflement et un éclair, Takahara a abattu son sabre, la tête rebondit sur la natte épaisse et tandis que le sang s'élargit autour du cadavre, l'ami étend sur lui la grande couverture rouge.

NOTES

1. La fleur du cerisier est considérée comme la fleur par excellence.

2. Le Fudji-Yama est une montagne sainte; tous les ans de nombreux pèlerins en font l'ascension.

3. Samuraï, noble ; avant la révolution, les Samuraï avaient le droit de porter deux sabres.

4. Namadzu, poisson dont la gueule est ornée de deux barbillons, les caricaturistes modernes ont affublé les employés du gouvernement actuel du nom de namadzu parce qu'ils portent la moustache-avant la Révolution, on se rasait entièrement, seuls les gens d'un certain âge gardaient la barbe entière.

5. Chaise à porteurs.

6. Saïgo. Ce général après la Révolution, sus; cita une révolte, il voulait rétablir le shogunat, sinon pour lui-même du moins en faveur d'une maison à laquelle il aurait imposé sa volonté; battu par les troupes impériales, il fut tué dans un combat, mais beaucoup de gens dans le peuple pensent qu'il se réfugia dans la lune, où il attend une occasion pour revenir occuper dans son pays un rang élevé.

7. Todjin, barbares, nom de mépris sous lequel on désigne les étrangers.

8. Sorte de guitare à quatre cordes.

9. Taïra. Puissante maison militaire qui après avoir dominé le Japon pendant vingt ans fut renversée par la famille des Minamoto.

10. Les Taïra furent entièrement détruits à Danno-ura où un combat mi-terrestre mi-naval leur fut livré par Mina Moto no Yochitsuné. Une légende populaire prétend que les Taïra noyés se transformèrent les uns en crabes, les autres en fantômes dont la seule distraction consiste à poursuivre et à couler les embarcations que leur mauvaise chance pousse dans ces parages.

11. Les Japonais d'un certain rang et les lettrés sont absolument sceptiques.

12. Eau-de-vie de riz.

13. Lorsque les armes étaient au repos, on avait soin de les envelopper dans une gaine de soie plus ou moins riche.

14. Foudoo, dieu boudhique, un des plus vénérés. C'est principalement parmi les pompiers, les charpentiers, les maçons, les restaurateurs, les chanteuses que son culte est le plus observé. Parmi les nombreux temples dédiés à ce dieu, le plus riche et le plus important est celui de Narita dans la province de Simosa. Tous les ans une grande quantité de pèlerins vont y faire leurs dévotions ; leurs dons tant en nature qu'en argent, constituent pour ce temple un revenu considérable.

11541. — Paris. Imprimerie A. Lahure. 9, rue de Fleurus.

www.ingramcontent.com/pod-product-compliance
Ingram Content Group UK Ltd.
Pitfield, Milton Keynes, MK11 3LW, UK
UKHW020230180726
13838UKWH00005B/2294